# Les Trois mousquetaires

FichesdeLecture.com

# Les Trois mousquetaires (Fiche de lecture)

## I. INTRODUCTION

*Les Trois mousquetaires* est un roman écrit par Alexandre Dumas (1802-1870) en collaboration avec Auguste Maquet (1813-1888). Les aventures de d'Artagnan et des Mousquetaires sont d'abord parues sous la forme de roman-feuilleton dans la revue *le Siècle*, du 14 mars au 14 juillet 1844, et en volume la même année. Nous le verrons dans notre dernière partie, le succès du roman ne s'est jamais démenti et a été immédiat. Aujourd'hui encore, les personnages appartiennent à l'imaginaire collectif.

## II. RÉSUMÉ DU ROMAN

### Préface

Alexandre Dumas y fait référence aux *Mémoires de M. D'Artagnan*, ouvrage écrit par Courtilez de Sandras en 1700. L'écrivain affirme aussi qu'il va restituer dans le roman des faits bien réels, basés sur un manuscrit qu'il aurait découvert dans la Bibliothèque royale.

### L'arrivée à Paris

Un jeune Gascon nommé d'Artagnan vient à Paris pour y chercher fortune en l'an 1625. Nous sommes alors sous le règne de Louis XIII. D'Artagnan est muni d'une lettre recommandation que lui a écrite son père. À destination de M. de Tréville, qui commande les mousquetaires du roi, cette lettre doit aider le Gascon à les rejoindre.

D'Artagnan, après un triple duel opposant les gardes du Cardinal Richelieu et leurs ennemis traditionnels les mousquetaires, se lie d'amitié à Porthos ( de son vrai nom du Vallon), qui est presque un géant par sa taille, à Athos, comte de la Fère ruiné suite à un mariage raté, et à Aramis, chevalier d'Herblay, qui suite à quelques épisodes galants a délaissé sa vocation mystique. Ils sont ensuite reçus par le Roi, qui leur remet 40 pistoles.

D'Artagnan est alors admis comme cadet dans la garde de M.des Essarts, et se retrouve un jour confronté à un agent redoutable du Cardinal, la désormais célèbre milady de Winter. Cette dernière est en fait l'ancienne épouse du mousquetaire Athos.

## Les ferrets de la Reine

Par la suite, d'Artagnan tombe amoureux de la femme de chambre de la reine Anne d'Autriche, dénommée Constance Bonacieux. Or elle a offert à Georges Villiers, son amant qui est aussi duc de Buckingham, douze ferrets en diamant, un présent du roi de France. Le Cardinal Richelieu, de son côté, a pour but de perdre la Reine. Pour parvenir à ses fins, ils suggère au Roi que la Reine devrait porter les fameux ferrets lors du prochain bal organisé à la Cour.

Les trois mousquetaires, accompagnés de d'Artagnan, se rendent donc en Angleterre pour les récupérer. Ils y vivent de nombreuses aventures, et d'Artagnan finit par mettre la main sur les ferrets, sauvant ainsi sa Reine.

## Le siège de La Rochelle

Les mousquetaires sont couverts de gloire dans la ville de La Rochelle, assiégée. Milady tente de faire disparaître le duc de Buckingham, qui est l'allié des protestants.

## La fin de Milady

Les quatre amis parviennent à l'emprisonner, mais elle s'évade, tue le duc et empoisonne Constance. En réponse, les quatre héros la livrent au bourreau de Béthune, aidés dans leur tâche par lord Winter, qui n'est autre que le frère du mari qu'elle a assassiné.

D'Artagnan se réconcilie avec le Cardinal de Richelieu et devient lieutenant. Quant aux trois mousquetaires, ils empruntent des chemins différents. En effet, Athos se retire à la campagne, Aramis devient abbé et Porthos se marie.

# III. PRÉSENTATION DES PERSONNAGES

## Les personnages historiques ou inspirés du réel

### *Louis XIII*

Le Roi apparaît comme un faible dirigeant, qui agit sous l'influence de ses plus proches conseillers, notamment le cardinal Richelieu. Il a un faible pour les femmes et les plaisirs de la Cour. Malgré tout, il a de l'admiration pour les mousquetaires à son service, et leurs actions héroïques l'amènent à se montrer tolérant avec eux. Occasionnellement d'ailleurs, il aime les envoyer calmer quelque peu l'orgueil du cardinal et de ses hommes.

### *Le Cardinal Richelieu*

Dumas en a fait un personnage véritablement machiavélique, et a fortement contribué à la réputation encore actuelle du Cardinal Richelieu. Ce dernier semble être dépourvu de toute valeur (notamment chevaleresque, à l'inverse des mousquetaires), et il excelle dans l'art de concevoir des plans et des pièges pour parvenir à ses fins. Il est le conseiller le plus influent du Roi.

### *Anne d'Autriche*

Reine de France, elle est Espagnole. Elle est amoureuse de Georges Villiers et connaît une période difficile dans son mariage, ne parvenant pas à donner un héritier à son époux. L'auteur en fait un personnage touchant et humain, devenu cible des méfaits du Cardinal.

### *D'Artagnan*

Le personnage principal du roman est un jeune Gascon d'origine noble, qui se révèle intelligent, courageux, ambitieux et plutôt doué dans les actions qu'il entreprend. Comme tout héros romantique qui se respecte, d'Artagnan a l'amour pour moteur, même s'il est parfois enclin à des actions moins nobles ou morales.

Il est directement inspiré de Charles de Batz de Castelmore d'Artagnan, qui était âgé de 13 ans en 1625, soit à la date à laquelle Dumas ouvre son roman (ce qui lui aurait donné 15 ans lors du siège de la Rochelle).

## Athos

C'est le plus important des trois mousquetaires. Il joue parfois le rôle d'une figure paternelle pour le jeune d'Artagnan. Plus âgé que ses compagnons, il se distingue par ses nombreuses qualités : intelligence, dignité, belle allure et aptitude au combat à l'épée. Sa faiblesse vient de sa propension à la mélancolie, même si tout le monde en ignore la source exacte. Il est inspiré d'Armand de Sillègue d'Athos d'Autevielle.

## Porthos

Inspiré d'Isaac de Porthau, le mousquetaire est une forte tête quelque peu imbu de lui-même par moments. On le voit par l'importance qu'il accorde à ses tenues. Mais c'est un vaillant combattant et il se montre loyal et fidèle envers ses compagnons. Madame Coquenard est sa maîtresse.

## Aramis

Le personnage est tiré d'Henri d'Aramitz. C'est un jeune mousquetaire, beau de sa personne et assez calme en général. Il ne cesse de répéter qu'il ne fait partie des mousquetaires que de manière temporaire, et qu'il va bientôt revenir à l'Église pour embrasser sa vocation religieuse. Il a une mystérieuse amante, Mme de Chevreuse.

## Le Duc de Buckingham

S'il a véritablement existé, Alexandre Dumas l'a toutefois modifié, le transformant en figure romantique. En effet, il souffre d'un amour impossible avec la reine.

*Monsieur de Tréville*

Il est le chef des mousquetaires du Roi et a vraiment existé, sous le nom de Jean-Armand du Peyrer, Comte de Tréville.

## Les personnages fictifs

*Lady de Winter/Milady*

Son identité complète est Anne de Breuil, et elle est également appelée Milady de Clarick, ou Milady de Winter. On découvre qu'elle est l'ancienne épouse d'Athos. Mystérieuse, belle et dangereuse, elle incarne la femme fatale par excellence. Elle travaille au service du cardinal de Richelieu ; d'Artagnan finit par développer une véritable obsession envers ce personnage. En tout cas, elle cache un secret et est prête à tuer de manière systématique toute personne qui le découvre. Un détail renforce son mystère : la fleur de lys sur son épaule, marque réservée aux pires des criminels...

*Constance Bonacieux*

Très loyale à la Reine, dont elle est la lingère, elle est mariée à un bourgeois, Monsieur Bonacieux. Elle est courtisée par d'Artagnan, qui tombe amoureux d'elle. Son personnage est en fait un stéréotype emprunté au monde du théâtre.

# IV. AXES DE LECTURE

## La production d'une suite : « Vingt Ans après »

Toujours avec l'aide d'Auguste Maquet, Dumas écrit *Vingt ans après, suite des Trois mousquetaires* sous forme de feuilleton dans *le Siècle*, en 1845. Notons aussi l'adaptation par les auteurs du roman en un drame de cinq actes et douze tableaux.

*Vingt ans après* est composé de 98 chapitres qui présentent les aventures des mousquetaires vingt ans après leur rencontre initiale. Afin de varier le sujet, Alexandre Dumas situe l'action dans Paris sous la Fronde. Mazarin remplace Richelieu, et Louis XIII a disparu. Quelques échecs sont au rendez-vous, et le quatuor ne se réunit qu'au milieu de l'intrigue, afin de sauver Charles Ier. Les péripéties s'enchaînent, au cours desquelles on croise le fils de Milady (Mordaunt). La Conclusion de cet ouvrage permet de mettre en scène leurs adieux.

Cette suite (parmi d'autres, d'ailleurs) suit un mouvement beaucoup plus picaresque, notamment parce qu'elle a su s'éloigner d'une structure et d'un plan rigoureux, en comparaison du moins avec le premier ouvrage.

Les auteurs ont dérogé à la loi du roman-feuilleton, qui exige pour tenir les lecteurs en haleine de leur livrer une intrigue amoureuse, totalement absente cette fois. Le sujet vire plutôt vers la thématique de la fin de l'héroïsme, lorsque les compagnons vieillissent et se fatiguent en atteignant l'âge mûr et la paternité.

D'ailleurs, le quatuor devient parfois le théâtre d'un affrontement de deux contre deux, soit Aramis et Athos contre Porthos et d'Artagnan. L'unité n'est maintenue que par une lutte commune contre un élément extérieur, la poursuite de Beaufort et le sauvetage de Charles Ier.

Mais ce second roman a un rythme haletant, voire frénétique, et permet d'entraîner le lecteur dans sa course effrénée, avec l'aide de l'influence encore terrible de Milady par la figure de son fils...

La trilogie sera ensuite complétée avec *le Vicomte de Bragelonne (les Mousquetaires, Troisième partie)*, publié en feuilleton pour la même revue de 1847 à 1850. Cette fois, la galanterie et l'amour prennent le dessus sur les duels et autres poursuites. La dimension héroïque est volontairement limitée au produit du triomphe de l'âge classique et du romanesque.

Ce roman marque aussi la fin des mousquetaires, qui s'évanouissent dans l'ombre de Louis XIV.

## Des ingrédients efficaces

Le roman fonctionne efficacement pour de nombreuses raisons, parmi lesquelles on peut citer :

- sa forme, celle du roman-feuilleton. En effet, à condition bien sûr de ménager la tension dramatique, la publication d'épisodes dans une revue permet d'acquérir un public bien plus large que celui des livres.
- Sa trame romanesque et ses péripéties : les auteurs sont parvenus à donner un rythme haletant à leurs intrigues, un véritable suspense dans

l'action, mais aussi à développer des personnages très liés entre eux (qu'il s'agisse de haine, d'amour ou d'amitié), très profonds aussi par leurs côtés mystérieux et leur passé parfois obscur.

- En inscrivant son histoire dans l'Histoire (même s'il s'agit de « violer l'Histoire pour lui faire de beaux enfants »), Alexandre Dumas a donné une touche réaliste à son intrigue, puis l'a détournée pour entourer certains de ses personnages d'une aura quasi mythique, encore aujourd'hui.
- La simplicité du langage utilisé et la vivacité des dialogues ont permis à un public aussi bien adulte qu'enfantin de retrouver la fascination initiale de la lecture.

## Une formidable postérité

Le roman n'a pas connu que le succès en France, puisqu'il a été traduit en anglais dès l'année 1846 ! Au-delà des traductions, de nombreux auteurs se sont inspirés de l'œuvre de Dumas, que ce soit à l'époque de la publication ou encore aujourd'hui.

Un autre phénomène s'est produit en 1844, celle de six contrefaçons publiées en Belgique.

Théâtre, dessins animés, cinéma, réécritures, suites… la liste des influences est longue, et elle continue de s'étendre aujourd'hui. On peut citer, par exemple, les *Trois Médecins* de Martin Winckler.

Et qui ne connaît pas l'expression « Un pour tous, tous pour un » ? Même à l'Académie Française, l'ouvrage a fait parler de lui. André Roussin, lors de l'un de ses discours, y a d'ailleurs déclaré en 1980 : *« c'est le mythe de l'amitié entre les hommes qui, sous le double sceau de la loyauté et du courage, deviennent invincibles »*, et a ensuite comparé le célèbre quatuor du tennis français des années 1920 au quatuor de Dumas : Cochet, Brugnon, Lacoste et Borotra.

# Dans la même collection en numérique

*Escadrille 80*

*Inconnu à cette adresse*

*La controverse de Valladolid*

*Les Vilains petits canards*

*Une partie de campagne*

*Cahier d'un retour au pays natal*

*Dora Bruder*

*L'Enfant et la rivière*

*Moderato Cantabile*

*Alice au pays des merveilles*

*Le faucon déniché*

*Une vie*

*Chronique des Indiens Guayaki*

*Je voudrais que quelqu'un m'attende quelque part*

*La nuit de Valognes*

*Œdipe*

*Disparition Programmée*

*Education européenne*

*L'auberge rouge*

*L'Illiade*

*Le voyage de Monsieur Perrichon*

*Lucrèce Borgia*

*Paul et Virginie*

*Ursule Mirouët*

*Discours sur les fondements de l'inégalité*

*L'adversaire*

*La petite Fadette*

*La prochaine fois*

*Le blé en herbe*

*Le Mystère de la Chambre Jaune*

*Les Hauts des Hurlevent*

*Les perses*

*Mondo et autres histoires*

*Vingt mille lieues sous les mers*

*99 francs*

*Arria Marcella*

*Chante Luna*

*Emile, ou de l'éducation*
*Histoires extraordinaires*
*L'homme invisible*
*La bibliothécaire*
*La cicatrice*
*La croix des pauvres*
*La fille du capitaine*
*Le Crime de l'Orient-Express*
*Le Faucon malté*
*Le hussard sur le toit*
*Le Livre dont vous êtes la victime*
*Les cinq écus de Bretagne*
*No pasarán, le jeu*
*Quand j'avais cinq ans je m'ai tué*
*Si tu veux être mon amie*
*Tristan et Iseult*
*Une bouteille dans la mer de Gaza*
*Cent ans de solitude*
*Contes à l'envers*
*Contes et nouvelles en vers*
*Dalva*
*Jean de Florette*
*L'homme qui voulait être heureux*
*L'île mystérieuse*
*La Dame aux camélias*
*La petite sirène*
*La planète des singes*
*La Religieuse*
*1984 A l'Ouest rien de nouveau*
*Aliocha*
*Andromaque*
*Au bonheur des dames*
*Bel ami*
*Bérénice*
*Caligula*
*Cannibale*
*Carmen*

*Chronique d'une mort annoncée*
*Contes des frères Grimm*
*Cyrano de Bergerac*
*Des souris et des hommes*
*Deux ans de vacances*
*Dom Juan*
*Electre*
*En attendant Godot*
*Enfance*
*Eugénie Grandet*
*Fahrenheit 451*
*Fin de partie*
*Frankenstein*
*Gargantua*
*Germinal*
*Hamlet*
*Horace*
*Huis Clos*
*Jacques le fataliste*
*Jane Eyre*
*Knock*
*L'homme qui rit*
*La Bête humaine*
*La Cantatrice Chauve*
*La chartreuse de Parme*
*La cousine Bette*
*La Curée*
*La Farce de Maitre Pathelin*
*La ferme des animaux*
*La guerre de Troie n'aura pas lieu*
*La leçon*
*La Machine Infernale*
*La métamorphose*
*La mort du roi Tsongor*
*La nuit des temps*
*La nuit du renard*
*La Parure*

*La peau de chagrin*
*La Petite Fille de Monsieur Linh*
*La Photo qui tue*
*La Plage d'Ostende*
*La princesse de Clèves*
*La promesse de l'aube*
*La Vénus d'Ille*
*La vie devant soi*
*L'alchimiste*
*L'Amant*
*L'Ami retrouvé*
*L'appel de la forêt*
*L'assassin habite au 21*
*L'assommoir*
*L'attentat*
*L'attrape-coeurs*
*Le Bal*
*Le Barbier de Séville*
*Le Bourgeois Gentilhomme*
*Le Capitaine Fracasse*
*Le chat noir*
*Le chien des Baskerville*
*Le Cid*
*Le Colonel Chabert*
*Le Comte de Monte-Cristo*
*Le dernier jour d'un condamné*
*Le diable au corps*
*Le Grand Meaulnes*
*Le Grand Troupeau*
*Le Horla*
*Le jeu de l'amour et du hasard*
*Le Joueur d'échecs*
*Le Lion*
*Le liseur*
*Le malade imaginaire*
*Le Mariage de Figaro*
*Le meilleur des mondes*

*Le Monde comme il va*

*Le Parfum*

*Le Passeur*

*Le Petit Prince*

*Le pianiste*

*Le Prince*

*Le Roman de la momie*

*Le Roman de Renart*

*Le Rouge et le Noir*

*Le Soleil des Scortas*

*Le Tartuffe*

*Le vieux qui lisait des romans d'amour*

*L'Ecole des Femmes*

*L'Ecume Des Jours*

*Les Bonnes*

*Les Caprices de Marianne*

*Les cerfs-volants de Kaboul*

*Les contes de la Bécasse*

*Les dix petits nègres*

*Les femmes savantes*

*Les fourberies de Scapin*

*Les Justes*

*Les Lettres Persanes*

*Les liaisons dangereuses*

*Les Métamorphoses*

*Les Mouches*

*Les Trois mousquetaires*

*L'étrange cas du Dr Jekyll et de Mr Hyde*

*L'Ile Au Trésor*

*L'île des esclaves*

*L'illusion comique*

*L'Ingénu*

*L'Odyssée*

*L'Ombre du vent*

*Lorenzaccio*

*Madame Bovary*

*Manon Lescaut*

*Micromégas*
*Mon ami Frédéric*
*Mon bel oranger*
*Nana*
*Ne tirez pas sur l'oiseau moqueur*
*Notre-Dame de Paris*
*Oliver twist*
*On ne badine pas avec l'amour*
*Oscar et la dame rose*
*Pantagruel*
*Le Misanthrope*
*Perceval ou le conte du Graal*
*Phèdre*
*Ravage*
*Roméo et Juliette*
*Ruy Blas*
*Sa Majesté des Mouches*
*Si c'est un homme*
*Stupeur et tremblements*
*Supplément au voyage de Bougainville*
*Tanguy*
*Thérèse Desqueyroux*
*Thérèse Raquin*
*Ubu Roi*
*Un Barrage contre le Pacifique*
*Un long dimanche de fiançailles*
*Un secret*
*Vendredi ou la vie sauvage*
*Vipère au poing*
*Voyage au bout de la nuit*
*Voyage au centre de la terre*
*Yvain ou le Chevalier au lion*
*Zadig*

# À propos de la collection

La série FichesdeLecture.com offre des contenus éducatifs aux étudiants et aux professeurs tels que : des résumés, des analyses littéraires, des questionnaires et des commentaires sur la littérature moderne et classique. Nos documents sont prévus comme des compléments à la lecture des oeuvres originales et aide les étudiants à comprendre la littérature.

Fondé en 2001, notre site FichesdeLectures.com s'est développé très rapidement et propose désormais plus de 2500 documents directement téléchargeables en ligne, devenant ainsi le premier site d'analyses littéraires en ligne de langue française.

FichesdeLecture est partenaire du Ministère de l'Education du Luxembourg depuis 2009.

Plus d'informations sur www.fichesdelecture.com

ISBN: 978-2-511-02903-9

**Notes :**